M

Primera edición: marzo de 2017
Primera reimpresión: marzo de 2017

Printed in Spain – Impreso en España

ISBN: 978-84-9043-628-8
Depósito legal: B-445-2017

Compuesto en Compaginem Llibres, S. L.

Impreso en Limpergraf
Barberà del Vallès (Barcelona)

GT 3 6 2 8 8

Penguin
Random House
Grupo Editorial

PERROCK HOLMES

ELEMENTAL, QUERIDO GATSON

ISAAC PALMIOLA

ILUSTRADO POR
NÚRIA APARICIO

montena

Diego

Es un genio de la informática y la tecnología. Usa tabletas, ordenadores y móviles con la misma facilidad con la que se hurga la nariz. Para él, la bruja de su medio hermana es peor que un grano en el culo.

Julia

No se arruga ante nada. Dice lo que piensa sin cortarse un pelo y es tan convincente que podría venderle una nevera a un esquimal. Adora los libros de misterio y le apasionan los casos peligrosos.

Perrock

Es capaz de comunicarse con sus amos y detectar sentimientos en los humanos, algo que lo convierte en uno de los investigadores más eminentes del mundo. Travieso —casi gamberro—, es un ligón pese a ser tan pequeñito. Su mayor debilidad son las perras altas, a las que trata de seducir sin excepción.

Capítulo 1

La carretera de montaña serpenteaba por un inacabable camino lleno de baches y curvas. Todas las ventanas del coche estaban abiertas, pero aun así los ocupantes de los asientos traseros, tres flamantes investigadores del Mystery Club, estaban más mareados que un pato en una secadora. Diego, Julia y Perrock habían parado ya cuatro veces para vomitar y volverían a hacerlo... si les quedara algo más en el estómago.

—**¿CUÁNTO FALTAAAAAAAAAAAAA?** —preguntó Diego, blanco como el papel.

—Muy poco —le animó Juan, y el chico se lo cre-

yó durante medio segundo, hasta que vio a Julia negando con la cabeza.

—Siempre dice lo mismo —susurró su medio hermana.

Juan (el padre de Julia) y Ana (la madre de Diego) se habían casado hacía un tiempo, así que, a pesar de sus quejas y pataletas, los dos detectives se habían visto obligados a convivir, ya que habían pasado a formar parte de la misma familia. Un chasco. La parte positiva era que, gracias a semejante horror, habían conocido a Perrock, así que no podían quejarse... demasiado.

—¿Qué os parece si cantamos una canción? —propuso Juan, para distraerlos.

—**¡QUÉ GRAN IDEA!** —exclamó Ana, y empezó a tararear un villancico.

Pero mira cómo beben los peces en el río,
pero miran cómo beben por ver a Dios nacido...

Los rostros asqueados de Julia, Diego y Perrock hacían evidente que la estrategia del villancico había fracasado estrepitosamente. Primero porque las Navidades habían terminado hacía dos meses, y segundo, porque los tres seguían mareados, enfadados y resentidos con Ana y Juan.

—¿Qué hemos hecho para merecer que nos **ABANDONÉIS EN EL REFUGIO MÁS ALTO Y REMOTO** de los Pirineos? —soltó Julia por millonésima vez.

—No os abandonamos, princesa —replicó su padre con paciencia—: Os damos la oportunidad de disfrutar de **CUATRO FANTÁSTICOS DÍAS EN LA NATURALEZA**...

—Mientras vosotros os vais a Venecia en plan romántico, ¿no? —lo interrumpió Diego con cara de asco.

Ana y Juan se miraron de reojo intentando disimular sus sonrisas de adolescentes enamorados.

En ese momento, la radio se encendió automáticamente para dar el parte del tráfico.

—¿Lo habéis oído? —intervino Julia—. No podéis dejarnos en el refugio. Dicen que va a llover mucho. **¿NO OS DAIS CUENTA DE QUE PUEDE SER PELIGROSO?**

—Seguro que podréis jugar al parchís si llueve —replicó la madre.

—¿**AL PARCHÍS**? ¿Lo dices en serio? ¿Nos lleváis a unos campamentos o a una **RESIDENCIA DE ANCIANOS**?

La madre se rio y luego miró un momento a Juan para lanzarle un beso con la mano.

—Lo más importante es que en Venecia hará sol, amor mío.

Él cogió el beso al vuelo y se lo devolvió con una sonrisa. Había tanto azúcar en el ambiente que los chicos temieron que pudieran salirles caries.

—**¡CURSIS!** —dijo Diego, simulando que tosía. Perrock se rio, pero los adultos ni se enteraron.

Tras setenta curvas de vertiginoso ascenso, el coche logró llegar hasta la cima y se paró frente a un viejo refugio de montaña. Aliviados, todos salieron al exterior y respiraron el aire fresco. A su alrededor había picos llenos de abetos y prados do-

minados por el verde. El cielo, sin embargo, estaba repleto de **NUBARRONES NEGRUZCOS** con pinta de estar muy pero que muy cabreados.

—Aquí no hay nadie —dijo Julia.

Al instante, la puerta del refugio se abrió con un chirrido que sonó como un gallo afónico y vieron que un chico de unos veinte años, con una pinta muy peculiar, salía y se dirigía hacia ellos. Llevaba tantos *piercings* en labios, cejas y orejas que seguro que colapsaba los arcos de control de los aeropuertos. Además, por su cuello y brazos asomaban varios **TATUAJES DE SERPIENTES**. Viendo su pasión por estos animales, o bien se trataba de un trabajador del zoo, o bien era un criminal recién salido de la cárcel.

—Bienvenidos —los saludó—. Soy Alberto, vuestro monitor, pero todo el mundo me llama **SNAKE**.

Diego no tuvo que usar el traductor de Google para saber que *snake* significaba **«SERPIENTE»** en inglés, y el mote no le hizo ninguna gracia.

—**Su... supongo que no... no... no nos dejaréis con este tipo, ¿verdad?** —tartamudeó en voz baja.

—Las apariencias engañan —contestó Ana alegremente—. Seguro que es muy buen chaval.

Por suerte, en aquel momento salieron dos personas más del refugio. Una de ellas era una chica **PELIRROJA MUY GUAPA**, con las mejillas repletas de simpáticas pequitas, que les dedicó una sonrisa bondadosa.

—**SOY MIEL**, vuestra segunda monitora —se presentó—. Y él es Pedrito, vuestro único compañero.

La chica, cariñosa, rodeó la espalda de Pedrito, un niño de piel pálida y ojos avispados.

—Me temo que no va a venir nadie más —continuó Miel—. Como se prevén **LLUVIAS TORRENCIALES**, la mayoría de los padres han decidido no traer a sus hijos a los campamentos. **HAN SIDO USTEDES MUY VALIENTES**.

—Sí, pero rectificar es de sabios —soltó Julia—. Ni somos valientes, ni queremos serlo. **VAMOS, ¡TODOS A CASA!**

Al girarse, sin embargo, vio que su padre ya estaba sacando las mochilas del maletero.

—¡Seguro que **OS LO PASARÉIS EN GRANDE!** —exclamó con una sonrisa.

—¡Igual que nosotros! —añadió Ana, abrazándose a su marido y dándole luego un beso en los labios.

—*Arrivederci!* —dijo Juan, y se subió al coche.

—No podéis dejarnos aquí tirados... —empezó Diego otra vez.

—**Pues parece que sí pueden** —apuntó Perrock mientras Ana se metía en el coche y les decía adiós con la mano. Acto seguido, Juan arrancó el motor y el vehículo comenzó a descender por la montaña.

Julia, Diego y Perrock aún no habían reacciona-

do cuando un rayo estalló entre los negros nubarrones y una intensa lluvia los obligó a correr hacia el refugio para no quedar empapados.

Capítulo 2

Perrock se sacudió con fuerza el agua salpicando a todos los que estaban a su alrededor.

—¡**CUIDADO!** —le gritó Julia, que ya había abierto su mochila para tratar de encontrar una toalla.

Habían estado menos de un minuto a la intemperie, pero la fuerte tormenta le había empapado el pelo. Por lo menos, dentro del refugio no estaban a merced de la lluvia.

—**¡NO TENGO INTERNET!** —se quejó Diego, mirando apenado su móvil.

—Ni internet, ni cobertura para llamar —contestó una mujer que no habían visto hasta el momento—. **AQUÍ ARRIBA ESTAMOS INCOMUNICADOS.**

Llevaba un delantal blanco y estaba tan gorda que sus pechos eran grandes como sandías.

—Chicos, os presento a Sara —dijo Miel con una sonrisa—. ¡La mejor cocinera de la zona!

—Está claro que de comida entiende bastante... —observó Perrock, pero la monitora solo oyó un ladrido. Únicamente sus amos podían entender lo que decía.

—Venid conmigo. Os enseñaré dónde podéis dejar las mochilas.

Miel los guio por el pequeño refugio, preparado para acoger a grupos de excursionistas. Había una inmensa cocina repleta de cazuelas y paellas, un salón con una chimenea, con mesas y sillas dispuestas para las comidas, dos lavabos y un dormitorio con una decena de literas. Los chicos dejaron sus cosas encima de una de las camas y regresaron a la cocina.

—**MENUDO ABURRIMIENTO**. No hay internet, ni televisión, y no me he traído ningún libro —protestó Diego, abatido—. ¿Qué se puede hacer en esta montaña cuando llueve?

—**JUGAR AL PARCHÍS Y A LA OCA** —contestó la cocinera con una sonrisa—. Y contar la historia de Drago Lucho, supongo. ¿Os apetece un poco de longaniza?

Tanto Diego como Julia negaron con la cabeza, aún estaban algo mareados por el largo viaje, pero Perrock, hambriento, se lanzó a ladrar con ilusión.

—**CUCHICUCHI**... Qué perrito más guapo...

La cocinera le lanzó un buen cacho de longaniza y el perrete lo engulló de un mordisco.

—¿Quién era Drago Lucho? —preguntó Julia.

Diego tuvo el impulso de sacar el móvil para buscar información en la red, pero entonces volvió a recordar contrariado que allí no había conexión.

—**¿NO HABÉIS OÍDO HABLAR DE ÉL?** —Sara parecía extrañada.

Los dos medio hermanos y Perrock negaron con la cabeza.

—PERO ¡SI SALIÓ EN TODOS LOS TELEDIARIOS...! —exclamó la cocinera—. Hace unos meses, Drago Lucho se hizo muy famoso por protagonizar un crimen casi perfecto: **ROBÓ UN FURGÓN BLINDADO Y SE LLEVÓ VARIOS SACOS LLENOS DE BILLETES Y LINGOTES DE ORO**. El botín era tan valioso que durante unos días se convirtió en uno de los hombres más ricos del país.

Aquello captó la atención de Diego y Julia. Como buenos detectives del Mystery Club, a los medio hermanos les encantaban las historias de crímenes.

—**¿QUÉ OCURRIÓ?** —preguntó el chico, intrigado.

—Finalmente, la policía dio con él y el tipo acabó en prisión, donde está en estos momentos cumpliendo su condena —concluyó Sara.

—Menudo bajón —dijo Perrock—. Esto olía a misterio, pero veo que está todo resuelto.

—¿Y qué tiene que ver Drago Lucho con este refugio? —intervino Julia.

—**FUE AQUÍ**, en este refugio de montaña, donde **LA POLICÍA LO PILLÓ** —explicó Sara.

Todos se quedaron pensativos unos instantes, visualizando la escena. Eso hacía la historia un pelín más interesante. Pero solo un pelín.

—Lo más curioso es que nunca llegaron a encontrar **EL BOTÍN** —continuó la cocinera, como si nada—. Así que esos sacos llenos de billetes y lingotes de oro **DEBEN DE ESTAR ESCONDIDOS EN ALGÚN LUGAR**...

Esta vez los tres detectives prestaron mucha atención. ¿Un tesoro escondido? ¡Eso sí que molaba!

—¿Os imagináis que el botín estuviera escondido aquí? —planteó Diego.

Todos miraron a su alrededor, como si de repente fueran a encontrar lingotes de oro que antes

les habían pasado desapercibidos. Incluso Perrock arrugó el hocico, tratando de percibir algún olor que le recordara al oro.

—Me temo que no está aquí, chicos. La policía no dejó ni un solo palmo del refugio por examinar y no encontró nada. Sea cual sea el lugar donde Drago escondió el dinero, no se encuentra bajo este techo.

Justo en ese instante, Miel entró en la cocina y, al ver sus caras de decepción, frunció el ceño, disgustada.

—**¿YA LES ESTÁS EXPLICANDO LA HISTORIA DEL LADRÓN?** —riñó a la cocinera, y luego se dirigió a los medio hermanos—. No hay de qué preocuparse, chicos. La policía dio por cerrado el caso. Venga, vamos a hacer algo divertido para olvidarnos de las historias de Sara. ¿Os gusta el parchís?

—Pero **¿QUÉ OBSESIÓN TENÉIS TODOS CON EL PARCHÍS?** ¿Acaso sois herederos del Señor

Parchís y cobráis derechos de autor? —replicó Julia.

Resignados, todos salieron de la cocina y regresaron al salón, dispuestos a empezar la primera de las mil partidas de parchís que probablemente disputarían durante los próximos cuatro días de intensas lluvias torrenciales.

Estaban a punto de sentarse a una mesa cuando, de repente, un chillido agudo y persistente resonó en todo el refugio.

—**¡AAAAAAAAAAAAAAAAAAAAAAAAAAAAYYYYYYYYYYYY!**

Nunca le habían oído chillar, pero tanto Diego como Julia pensaron que aquel timbre de voz no podía pertenecer a nadie más que a Pedrito.

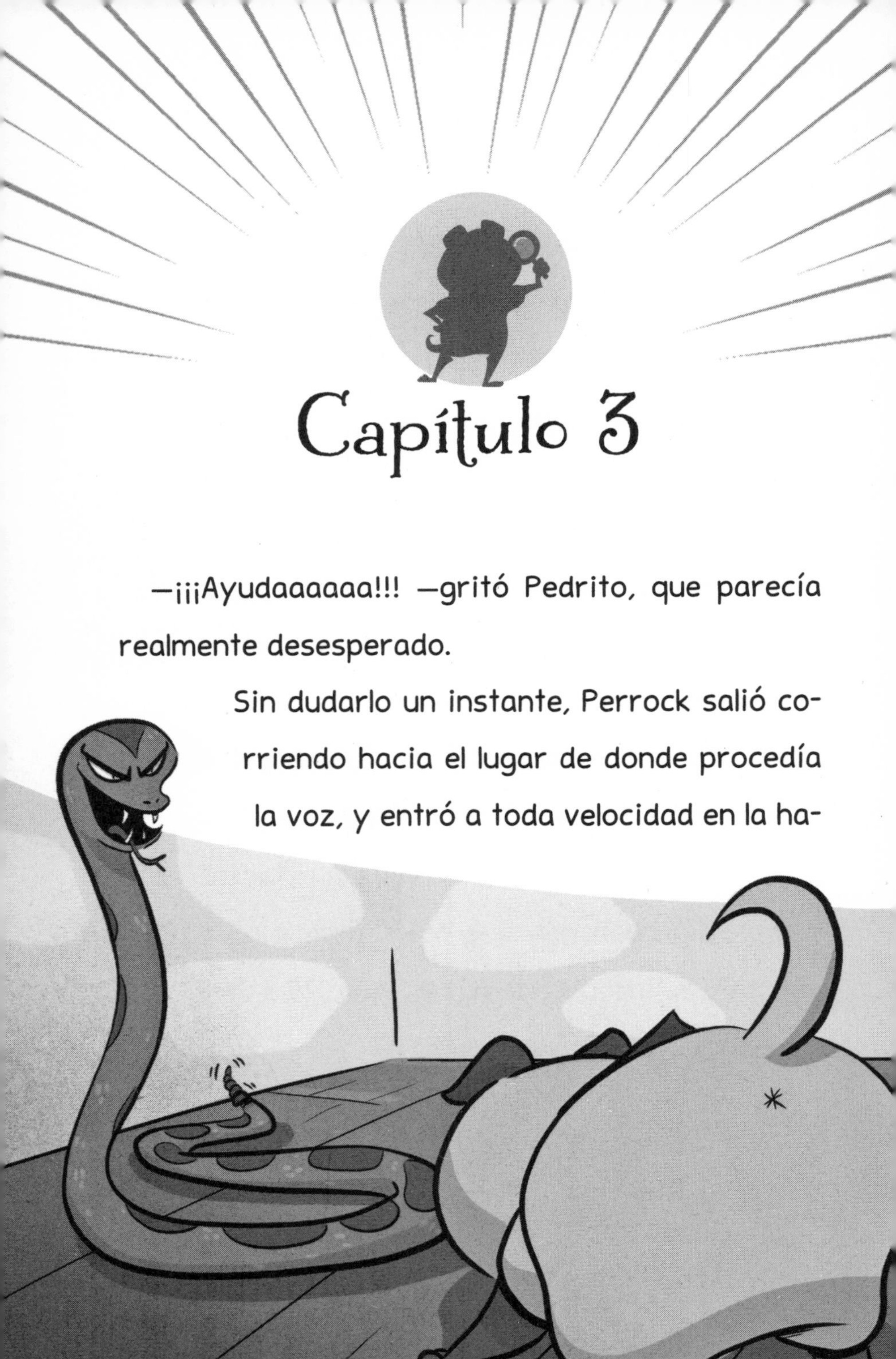

Capítulo 3

—¡¡¡Ayudaaaaaa!!! —gritó Pedrito, que parecía realmente desesperado.

Sin dudarlo un instante, Perrock salió corriendo hacia el lugar de donde procedía la voz, y entró a toda velocidad en la habitación de las literas. Su instinto le indicó de inmediato dónde se encontraba el peligro. En un rincón de la sala había una serpiente que siseaba en actitud desafiante. Cuando Julia y Diego llegaron al dormitorio, el perrete ya había acorralado al reptil, que lo miraba retador a los ojos.

—**¿QUÉ HA PASADO?** —preguntó Julia.

La investigadora fue directamente hacia la víctima. Pedrito esta-

ba sentado en el suelo con una expresión aterrorizada en el rostro y con la mano derecha sujetándose el brazo.

—**¡ME HA MORDIDO!** —gimoteó el chaval, más blanco que la página de Google—. **¡ME VOY A MORIR!**

Julia comprobó que tenía las marcas de la mordedura en el brazo, pero, a primera vista, no le pareció que fuera nada grave.

—No creo que te vayas a morir —dijo, tratando de calmarlo.

En ese momento, irrumpieron en la sala los dos monitores. Snake fue directo hacia la serpiente, mientras que Miel, al ver el reptil, sufrió un ataque de pánico.

—**¡UNA SERPIENTE!** ¡Odio las serpientes! ¡Qué asco! —gritó, e instintivamente se lanzó a los brazos de Diego—. Protégeme, por favor —suplicó.

El tiempo pareció detenerse durante un instante. El chico se olvidó de todo lo que le rodeaba y sus cinco sentidos se concentraron en Miel, que olía a flores. Además, sus ojos verdes tenían la belleza de un bosque primaveral y su pelo rojo resplandecía como el fuego. Abrazado a ella, comprendió que el amor a primera vista existía y que era tan real y espectacular como la aurora boreal o las croquetas de pollo.

Mientras tanto, la serpiente seguía desafiando a Perrock.

—**¡QUE NADIE SE MUEVA!** —ordenó Snake.

El monitor con pinta de expresidiario se acercó

cautelosamente y, con un movimiento rápido, consiguió agarrar al reptil por el cuello. El animal movía la cola como un loco, pero Snake, que parecía un experto, lo mantenía inmovilizado, presionando la cabeza con el dedo pulgar.

—**¡YA ES MÍA!** —exclamó.

Julia se acercó a él, preocupada.

—¿Es venenosa? —preguntó.

—Lo es —aseguró el monitor—. Es una serpiente de cascabel. Qué raro... Nunca había visto una cascabel en esta montaña. Que yo sepa, en esta zona solo se pueden encontrar **VÍBORAS**.

«Eso nada más puede significar una cosa —pensó Julia—, que alguien la ha traído hasta aquí.»

Si sus sospechas eran ciertas, eso quería decir que quizá aquel refugio no era ni tan seguro ni tan aburrido como pensaban. A lo mejor los próximos días se dedicarían a alguna cosa más excitante que jugar al parchís. Giró la cabeza hacia Diego para comprobar si estaba pensando lo mismo que ella, pero solo vio a un bobo babeante mirando a Miel. Su hermano estaba tan pendiente de la monitora que ni tan siquiera se había preocupado por comprobar el estado de salud de Pedrito.

—¿Es... es... es peligroso el veneno? —tartamudeó el niño, visiblemente asustado.

De nuevo, todas las miradas se posaron en Snake. El joven monitor presionó la cabeza de la serpiente, forzándola a abrir la boca, e inspeccionó a fondo sus colmillos.

—Ya no le queda veneno. Lo debe de haber gastado todo...

SE PRODUJO UN SILENCIO. Pedrito se desmayó del susto, Perrock y Julia se miraron con

preocupación, y Diego siguió mirando con cara de atontado a la monitora.

—Lo bueno es que el veneno de las serpientes de cascabel no suele ser mortal —continuó Snake. Se agachó y, con la mano libre, le dio un par de cachetes al chaval para reanimarlo—. Seguramente, cuando se despierte se sentirá mareado y tendrá la vista nublada, pero me parece que no se morirá.

—¿Solo te lo parece? —preguntó Julia, indignada.

—Bueno, no soy médico... Quizá alguno de nosotros debería ir a buscar el antídoto —respondió el monitor.

—**¿CON ESTA LLUVIA?** —replicó Miel. Todavía estaba abrazada a Diego y en el timbre de su voz se percibía inquietud y preocupación.

—No se me ocurre ninguna alternativa —contestó su compañero, encogiéndose de hombros.

Por el silencio de los demás, parecía evidente que todos estaban de acuerdo.

Capítulo 4

No hacía falta ser muy perspicaz para darse cuenta de que Diego estaba coladito por Miel. Y si no fuera porque las aguas estaban muy revueltas, Julia se lo habría pasado en grande metiéndose con él. Estaba convencida de que su feúcho e insoportable medio hermano tenía las mismas opciones de conquistar a aquella monitora tan guapa que de ganar el certamen de Míster España. Pero ahora no tenían tiempo para eso.

Como Diego estaba demasiado atontado para pensar, **LA CHICA OPTÓ POR CONSULTARLE A PERROCK**. Lo levantó del suelo y le habló muy bajito para que nadie pudiera escucharla.

—¿Qué opinas de Snake?

En ese momento, el monitor estaba acariciando al reptil antes de encerrarlo en una caja.

—Que tiene un apodo ridículo y muy mal gusto para los tatuajes —dijo el perro sin dudarlo un segundo.

—Ya, bueno. ¿Y aparte de eso?

—Pues que parece saber mucho de serpientes —continuó opinando Perrock, al que en esos momentos solo entendía Julia, ya que el resto tan solo oía ladridos.

La joven asintió con la cabeza. La mayoría de la gente no era capaz de distinguir una víbora de una serpiente de cascabel, y muy pocos podrían asegurar si el reptil aún tenía o no veneno. Snake, en cambio, no había dudado ni un segundo y parecía todo un experto en la materia. **¿ACASO HABÍA SIDO ÉL QUIEN HABÍA TRAÍDO AQUELLA SERPIENTE DE CASCABEL AL REFUGIO?** Y en tal caso,

¿POR QUÉ LO HABÍA HECHO? ¿Para qué demonios querría traer una serpiente venenosa a un campamento con niños? ¿Estaba loco?

—Dime cómo se siente —le pidió Julia a su mascota.

Como seguramente recordaréis, Perrock es un perrete muy, pero que muy especial: no solo tiene la capacidad de hablar (aunque solo lo pueden entender sus amos), sino que, además, pueden saber cómo se siente una persona si esta le rasca o acaricia la barriga.

Perrock resopló. No tenía muchas ganas de que el tipejo de los tatuajes lo achuchara.

—Venga, porfi. Si no, no podremos saber si está tramando

algo —insistió su dueña, dedicándole una enternecedora mirada suplicante.

El instinto de investigador y sobre todo el gran poder de convicción de Julia (estaba demostrado que funcionaba sobre padres, madres y profesores) pudieron con él.

—Vaaaaale. Pero me debes una. Cuando lleguemos a casa, quiero que me compres pienso cocinado por Ferran Adrià.

La investigadora asintió satisfecha, cogió el perro entre sus brazos y se acercó al monitor, que estaba ocupado encerrando la serpiente en una caja de herramientas vacía que la cocinera había ido a buscar al garaje. Cuando terminó, Julia aprovechó la oportunidad.

—Toma —le dijo a Snake entregándole el perro—. Aguántalo un momento mientras yo me ocupo de poner la serpiente en un lugar seguro.

De repente, el chico, sin saber cómo, se vio abrazando al chucho e, inconscientemente, le rascó la barriga, activando al instante el poder de Perrock.

—¡NO! ¡NO TOQUES LA CAJA! ¡ES PELIGROSO!

—gritó, reaccionando tras salir de la sorpresa que le había producido la maniobra de Julia—. Lo haré yo —dijo, y le devolvió el perro para ocuparse él de la serpiente.

La chica suspiró aliviada. Tenía cero ganas de estar cerca del reptil.

—¿Has notado algo? —preguntó a Perrock en voz baja.

—Está preocupado por el chaval —ladró él—. **Y también de bastante mal humor porque llueve mucho y no le apetece nada conducir. Piensa que él tiene carnet de coche, no de piragua.**

A Julia le pareció un sentimiento de lo más razonable. Snake era un monitor y uno de los niños que estaba a su cargo acababa de ser mordido por una serpiente de cascabel. Era normal que estuviera preocupado. Sin embargo, el hecho de estar preocupado no significaba que no fuera el responsable de que aquella serpiente de cascabel estuviera en el refugio. Y encima tenía un interés especial en quedarse con el bicho... **MUY SOSPECHOSO**.

—Será mejor que coja el todoterreno y baje a la ciudad. Llevaré la serpiente al veterinario y com-

praré el antídoto. Con suerte estaré de vuelta en unas horas —dijo Snake.

Como nadie se opuso (Diego estaba demasiado ocupado babeando por Miel), salió de la habitación caminando rápidamente. Julia lo siguió y vio que entraba en el garaje. El lugar, muy desordenado, estaba lleno de herramientas, pero también había algunos trineos, raquetas de nieve y esquís de varias medidas. Sin embargo, lo que más destacaba era el magnífico todoterreno con tracción a las cuatro ruedas que había aparcado en el interior.

Snake fue directamente hacia el vehículo y trató de ponerlo en marcha, pero el motor se limitó a emitir un zumbido agónico que no hacía presagiar nada bueno.

—**¡MALDITA SEA! ¡NO FUNCIONA!** —se quejó Snake saliendo del coche.

Perrock, en los brazos de Julia, olfateó el ambiente.

—Apesta a aceite —ladró.

La chica se agachó un poco y vio que había **UN CHARQUITO EN EL SUELO**.

—¿Has mirado el aceite? —preguntó al monitor, que dio un respingo al darse cuenta de que Julia lo había seguido.

Snake, visiblemente molesto, comprobó que, en efecto, el coche perdía aceite. De mal humor, levantó la tapa frontal del jeep para poder examinar el motor.

—Esto no me gusta nada... —comentó al cabo de unos momentos—. Parece que alguien se ha cargado el depósito del aceite.

Julia notó que se le aceleraba el corazón.

—**¿QUIÉN?** —dijo.

—Tú y tu hermano seguro que no; acabáis de llegar —contestó él, pensativo—, pero podría ser cualquiera de los otros...

«O tú», pensó Julia.

De repente, fuera del garaje se oyó un ruido extraño, como si alguien estuviese rascando la pared.

—**¿QUÉ HA SIDO ESO?** —preguntó la chica, mirando hacia donde se había producido aquel sospechoso sonido.

«**MANTÉN LOS OJOS BIEN ABIERTOS, JULIA**. Aquí están pasando cosas **MUY MUY RARAS**. Los depósitos de aceite no revientan solos y no hay serpientes de cascabel en los Pirineos... Y ahora, además, en esta casa se oyen ruidos extraños... Es todo muy misterioso, demasiado. Daría para grabar tres pelis de los Cazafantasmas.»

Sin esperar respuesta, salió del garaje y regresó a la habitación de las literas, donde Pedrito, tumbado en una cama, estaba siendo atendido por Sara y Miel.

—**ESTOY MAREADO** —se quejó el chico.

—¿Quieres un poco de azúcar? ¿Galletas? ¿Chocolate? —le ofreció la cocinera.

—**NO TE PASARÁ NADA MALO** —intervino Snake—. Pero tienes que ser fuerte y tener un poco de paciencia. El jeep está estropeado y hay un largo camino a pie hasta la ciudad bajo la lluvia. Si todo sale bien, estaré de vuelta mañana a primera hora.

Se puso un chubasquero y se cubrió la cabeza con la capucha.

—Hasta mañana —se despidió.

El monitor con pinta de carcelero fue directamente hacia la puerta del refugio y empezó a alejarse por el camino, encogido bajo la fuerte lluvia.

—**¿No deberíamos seguirlo?** —sugirió Perrock, intranquilo.

—No —contestó Julia—. **PARECE UN CRIMINAL**, pero me fío más de él que de los otros. Mi instinto me dice que la persona que ha traído aquí

la serpiente y ha estropeado el coche sigue entre nosotros, entre estas cuatro paredes.

Al cabo de unos instantes, la figura de Snake desapareció de su campo de visión, engullida por completo por la feroz tormenta.

Capítulo 5

—¡**AYAYAYAYAYAYAY!** —se quejaba Pedrito.

El chico se había acostado en una de las literas del dormitorio y no paraba de moverse, agitado, parecía estar sufriendo mucho a causa de la picadura de serpiente. Pero a Julia le recordaba al típico jugador de fútbol que recibe una patada de un adversario y exagera el dolor para que el árbitro saque una tarjeta roja.

—**¡¡¡ME DUELE MUCHO!!! ¡¡¡AYAYAYAYAYAY!!!**

Miel, a su lado, lo ayudó a incorporarse un poco.

—Ten, Pedrito, toma un poco de agua. Te sentará bien —le dijo con voz dulce.

Con suavidad, lo ayudó a beber y lo obsequió con una cariñosa sonrisa.

—Dime, ¿dónde te duele?

El chico empezó a hacer muchas muecas con la cara.

—**ME PICAN LOS OJOS Y TENGO LA BOCA SECA. TAMBIÉN ME TIEMBLAN LAS PIERNAS, ESTOY MAREADO Y TENGO NÁUSEAS** —contestó con voz trémula.

—Pobrecito —se apiadó Sara, que le había traído un vaso de leche calentito.

—Pero lo peor es el dolor del pecho —continuó Pedrito—. **ME DUELE MUUUCHO**, y también la barriga, la cabeza, los gemelos de las piernas y el dedo gordo del pie izquierdo.

A Julia le pareció tan exagerado que le dio por reír.

—¿No te estás flipando un poco? —se mofó—. Te ha picado una serpiente de cascabel, vale, pero, por cómo te quejas, parece que acabes de correr una maratón, lleves dos días sin beber agua y te haya atropellado un camión.

Por el modo en que la miraron todos, Julia supo que su comentario había estado fuera de lugar. Su hermano Diego tenía las cejas fruncidas, la cocinera Sara negaba con la cabeza y Miel, algo más diplomática, esbozó una sonrisa forzada.

—Creo que Julia trata de decirte que **DEBES RELAJARTE** —dijo, acariciándole la cara a Pedrito.

La investigadora del Mystery Club se puso roja como un tomate. ¿Era posible que Snake se hubiese equivocado y que realmente la vida de Pedrito estuviese en peligro? Preocupada, recurrió otra vez a Perrock.

—¿Puedes comprobar cómo se siente de verdad? —le

pidió. Esta vez su mirada suplicante no era fingida.

—Hoy te estás pasando —contestó el perrete, pero enseguida se acercó al escolta y le lamió la mano.

—¡Qué monada! Mira, Pedrito, Perrock ha venido a darte ánimos —dijo Miel.

—Es que mi perro es muy listo —intervino Diego, embobadísimo.

El enfermo acarició al animal, sintiéndose agradecido. Esta vez, a Perrock le costó un poco más que con Snake, pero finalmente detectó los sentimientos del chico.

—Está feliz como una perdiz —ladró, confundido—. **Le hace gracia veros tan preocupados a todos y se esfuerza mucho para que no se le escape la risa.**

¿**CÓMO PODÍA SER** que se quejara como un loco por la mordedura de la serpiente, pero que estuviera encantado con lo que estaba pasando y se sintiera de tan buen humor?

Julia tardó unos instantes en interpretar lo que estaba ocurriendo. Decidió hacer un listado con los hechos:

1. A Pedrito le había mordido una serpiente.
2. Pero no solo no se encontraba mal, sino que se sentía feliz y contento.
3. Y, a pesar de estar encantado de la vida, fingía estar muy asustado.
4. Por lo tanto, su comentario no había estado tan fuera de lugar. ¡Ja!

La investigadora se devanó los sesos para encontrar una explicación a aquel comportamiento tan extraño, pero no lo consiguió. Lo único que le quedaba claro era que **PEDRITO ERA UN MENTIROSO**, que les estaba ocultando algo y que nunca encontraría trabajo de actor.

Capítulo 6

Ya hacía dos horas que Snake había salido a buscar el antídoto, y la lluvia seguía cayendo incansablemente. **JULIA Y PERROCK, ENTRE INQUIETOS Y ABURRIDOS, CONTEMPLABAN EL PAISAJE** a través de una ventana del comedor.

—¡Qué hambre tengo! —se quejó la chica.

La cocinera se había puesto a trabajar otra vez y el resultado podía olerse desde cualquier rincón del refugio: un suculento cocido de garbanzos con chorizo.

—¿Crees que también habrá para mí? —preguntó Perrock, al que se le hacía la boca agua.

—Seguro que sí. He visto la cazuela y era lo bastante grande como para alimentar a un ejército de orcos.

Los dos investigadores se acercaron a la cocina para echar un vistazo. Allí el aroma era más intenso y exquisito. **SARA, CON UN PLATO LLENO DE GARBANZOS, ESTABA DANDO BUENA CUENTA DEL COCIDO**.

—Los cocineros siempre debemos probar nuestros guisos... —explicó la mujer con la boca llena cuando los vio entrar—. Creo que le añadiré un poco de sal.

A Julia le dieron ganas de reírse porque para probar si a un cocido le falta sal no hace falta zamparse un plato entero. Ni ponerse una servilleta en el cuello. Ni mojar pan.

—Tenemos hambre —sonrió—. ¿Falta mucho para comer?

—Diez minutitos —dijo Sara, y siguió dándole a la cuchara.

Cuando Perrock y Julia abandonaron la cocina con los estómagos rugiendo de hambre, escucharon a Miel y Diego, que seguían colmando de atenciones al pequeño Pedrito.

—Hay que decirle a mi hermano que ese niño les está tomando el pelo, ¿no crees?

—Como quieras —contestó Perrock—, pero no sé si lo conseguirás. Si yo fuera él y Miel fuese de mi especie, no me apartaría de ella. Esa chica es preciosa.

Al entrar de nuevo en el dormitorio repleto de literas, vieron que la monitora estaba aplicando una toalla húmeda en la frente de Pedrito. Su pelo rojo fuego resplandecía incluso bajo la luz de los fluorescentes y sus ojos de un verde penetrante se escondían de vez en cuando bajo unas pestañas larguísimas, como de terciopelo. **EL MEDIO HERMANO DE JULIA PARECÍA TOTALMENTE ABDUCIDO POR AQUEL BELLEZÓN.**

—¡Diego, ven! —lo llamó ahogando la voz.

Tuvo que repetirlo tres veces para que se enterara.

El chico puso mala cara, pero se acercó a ella a regañadientes.

—**¿QUÉ QUIERES?** —preguntó con tono hosco.

—Hablar a solas contigo. No hay forma de desengancharte de Miel, parecéis hechos de velcro —se burló ella.

A Diego la broma no le hizo ninguna gracia, pero Julia continuó mofándose.

—Tendremos que ponerte un babero. Estás coladito, ¿eh?

—Ya veo que no te gusta que **MIEL SE HAYA FIJADO EN MÍ** —soltó Diego, muy molesto.

—¿Que quéééééé?

Esta vez Julia lanzó una carcajada. ¿Es que su hermano se había vuelto loco? ¿Acaso se creía que una preciosa chica de dieciocho años podía fijarse en un niñato a quien le olían los sobacos a pescado podrido? **ERA SIMPLEMENTE RIDÍCULO**.

—Es más probable que llueva batido de chocolate que una chica como Miel se fije en ti —volvió a burlarse Julia.

—Diego, cariño, ¿puedes ayudarme? —preguntó la monitora con voz melosa.

«¿CARIÑO?», se preguntó Julia alucinando.

—Ya la has oído. Tengo trabajo...

Diego estaba a punto de volverse para acudir

raudo a la llamada de Miel cuando su hermana lo retuvo agarrándolo del brazo.

—Espera. Es algo importante. **HEMOS DESCUBIERTO QUE PEDRITO NOS HA MENTIDO**. El tío se siente la mar de feliz.

—Esto no tiene ningún sentido. Acaba de picarle una serpiente cascabel...

—No lo digo yo, lo dice Perrock.

El animal ladró para corroborar las palabras de Julia y dio una vuelta sobre sí mismo.

—Y esto no es todo —añadió la joven investigadora—. Hemos oído unos ruidos extraños, alguien ha estropeado el coche y ha traído una serpiente venenosa a este refugio. Pedrito tendría que estar cagado de miedo, pero el chaval está pletórico de felicidad. **TENEMOS QUE ESTAR ATENTOS, Y NO SOLO A TODO LO QUE HACE Y DICE MIEL...**

Diego, mosqueado, estaba a punto de replicar cuando...

¡¡¡¡¡¡RATATA-TATATATATATA-TA!!!!!!

Todos se tiraron al suelo instintivamente. Nunca habían escuchado ninguna en vivo y en directo, pero aquel ruido ensordecedor sonaba como una ametralladora.

Capítulo 7

La ráfaga de disparos volvió a resonar con fuerza en el refugio.

¡¡¡¡¡¡RATATATA-TATATATATA!!!!!!

Todos se habían echado al suelo, asustados. Pedrito lloriqueaba abrazado a la almohada, mientras que Miel, con miedo en los ojos, trataba de consolarle.

—¿Qué está pasando? —susurró la monitora, alarmada.

—No lo sé. Voy a averiguarlo —replicó Diego, seguro de sí mismo.

El chico se había tirado al suelo al escuchar la ametralladora, pero ver la angustia reflejada en el rostro de la preciosa Miel le había dado coraje. Se levantó y fue hacia la puerta.

—**DEJA DE HACERTE EL VALIENTE Y ESCÓNDETE** —le exigió Julia. Estaba agachada detrás de una litera con Perrock, que también parecía muerto de miedo. Detestaba los petardos y aún podía soportar menos el ensordecedor ruido de las balas.

Pero su medio hermano parecía decidido a seguir adelante con su plan «Soy tu superhéroe», dedicado a Miel.

—No os mováis de aquí —ordenó.

¡¡¡¡¡¡RATATATA-TATATATATATA!!!!!!

Una nueva ráfaga de tiros volvió a resonar por todo el refugio, pero esta vez Diego no se tiró al suelo. **TENÍA QUE DEMOSTRAR A MIEL QUE ERA TAN VALIENTE COMO BATMAN**. Se escondió detrás de una puerta y esperó a que los disparos cesaran. Cuando de nuevo estuvo todo en silencio, abandonó la habitación caminando cautelosamente. En el pasillo no había nadie, pero vio luz en uno de los lavabos del refugio. Fuera quien fuese, estaba allí.

Inspiró profundamente para darse ánimo..., pero fue muy mala idea. Había algo en el ambiente que olía muy mal.

Se acercó al lavabo con decisión, abrió la puerta y...

¡¡¡¡¡¡RATATATA-TATATATATATA!!!!!!

Sentada en la taza de váter se encontraba Sara. No tenía ninguna ametralladora en las manos, pero la traca de pedos que acababa de soltar sonaba exactamente igual.

—Me encuentro muy mal... ¡Cierra la puerta, por favor! —suplicó la cocinera.

Diego, medio aturdido por la peste, obedeció al instante y, con cara de asco y tapándose la nariz con dos dedos para no respirar aquel insoportable hedor, gritó a los demás con voz nasal:

—**¡FALSA ALARMA! ¡TODOS TRANQUILOS!** —Luego se volvió de nuevo hacia la puerta cerrada del retrete y preguntó—: ¿Qué ha ocurrido, Sara?

—¿A ti qué te parece? —contestó ella con voz angustiada. Tras otra **RÁFAGA DE PEDOS**, añadió llorosa—: **¡¡¡AYYY!!! ESTOY FATAL...** Tengo una diarrea terrible...

—Pero ¿por qué? ¿Estás enferma? —se interesó Diego, que ya no estaba solo en el pasillo. Julia, Perrock y la misma Miel se habían decidido a salir del dormitorio.

—No, no, qué va... Han debido de ser los garbanzos. **NO ENTIENDO POR QUÉ ME HAN SENTADO TAN MAL...**

—¿Has comido muchos? —preguntó Julia. Le extrañaba que aquel potaje que habían visto en la cocina con tan buena pinta le hubiera sentado mal.

—Un plato... Bueno, tal vez hayan sido dos... —dudó la cocinera—. Como mucho, tres o cuatro platos. Antes de los dos últimos...

A Diego le pareció una auténtica barbaridad, pero comerse seis platos de garbanzos no explicaba aquellas ráfagas de pedos tan ensordecedoras ni la pestilente diarrea.

—Quizá algo de lo que echó a la comida estaba podrido —sugirió Julia—. Lo que está claro es que yo no comeré garbanzos, eso seguro.

—Ni yo —convino Miel—. Pero es muy raro. Sara

es una cocinera estupenda, se habría dado cuenta si algún ingrediente hubiera estado estropeado...

Todos se quedaron callados unos instantes, tratando de valorar lo que había ocurrido.

—**¿Y SI NO HA SIDO UN ACCIDENTE?** —sugirió la joven detective—. ¿Y si alguien echó algo en mal estado en los garbanzos a propósito?

Esa posibilidad pareció alarmar a Miel.

—**¡¿QUIERES DECIR QUE ALGUIEN PUEDE HABER INTENTADO ENVENENARNOS?!**

—Podría ser —afirmó Julia, pensando en lo que había ocurrido con el motor del coche y en la serpiente de cascabel—. Lo que es seguro es que la culpable no debe de ser Sara. Nadie en su sano juicio se comería seis platos de un potaje sabiendo que está en mal estado.

Capítulo 8

Salvo Sara, que continuaba encerrada en el lavabo **SOLTANDO TRACAS DE PEDOS**, y Snake, que debía de seguir de camino a la ciudad bajo la lluvia, todos se habían reunido en el comedor para devorar unos panecillos untados con crema de chocolate. Aquel alimento resultaba más adecuado para una merienda que para una comida, pero era lo único que tenían y, al menos, se llenarían la tripa sin correr la misma suerte que la pobre cocinera. Incluso Pedrito parecía recuperado y mordisqueaba su segundo panecillo con buen apetito.

—**¡QUÉ VALIENTE ERES, DIEGO!** ¡Estoy im-

presionada! —dijo Miel, batiendo sus larguísimas pestañas hacia él.

El chico sintió que se derretía cuando la monitora lo miró fijamente con sus ojazos verdes; era como si en vez de pupilas tuviera láseres. Notó

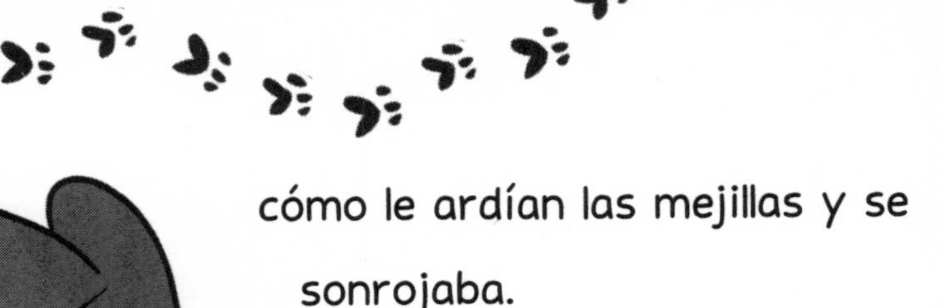

cómo le ardían las mejillas y se sonrojaba.

—No ha sido nada —dijo—. Me he limitado a cumplir con mi deber.

—No seas modesto, Diego. Algo así no puede hacerlo cualquiera. Eres especial y lo sabes.

Se sentía tan halagado por lo que aquella deliciosa criatura le acababa de decir que decidió compartir con ella su pequeño secreto.

—Supongo que los investigadores del Mystery Club estamos más acostumbrados al peligro que la mayoría de la gente.

—¡Eres del Mystery Club! —exclamó Miel, alucinada.

La muchacha se acarició el pelo con coquetería y lo miró con admiración.

—¡Es increíble! Nunca había conocido a un investigador del Mystery Club. ¡Y no sabía que además fueran tan guapos!

Una sonrisa de absoluta felicidad se dibujó en los labios de Diego, aunque de inmediato se convirtió en una mueca de disgusto cuando su hermana se metió en la conversación.

—Perdona..., ¿has dicho «guapo»? ¿Has llamado **«GUAPO»** a mi hermano? —preguntó Julia—. Pero si es más feo que un sapo recién levantado.

—¡¿Qué dices?! —sonrió Miel—. Seguro que tiene **UN MONTÓN DE ADMIRADORAS...**

—¡Muchísimas! —contestó Julia—. Sobre todo garrapatas, liendres y chinches.

Diego volvió a enrojecer, pero esta vez de rabia. Le habría encantado tener un cohete para poder mandar a su hermana a la Luna y perderla de vista para siempre. La habría mandado a paseo de bue-

na gana, pero decidió contenerse.

—Sois hermanos. Supongo que es normal que no te des cuenta de lo guapo que es Diego —continuó Miel, divertida con la conversación.

—Sí, claro —contestó Julia, poco convencida—. Y yo supongo que tú hoy te has olvidado de ponerte las gafas.

Una vez más, Diego trató de controlar sus ganas de darle una colleja a su hermana. Sin embargo, Miel continuaba mirándolo con admiración y con una dulce sonrisa en los labios.

—Sea como sea, es una suerte contar con un investigador del Mystery Club —dijo la monitora—. Aquí están pasando cosas muy raras: una picadura de serpiente, un jeep que pierde aceite, unos garbanzos que provocan diarrea y la llegada de Snake...

—¿QUÉ PASA CON SNAKE?

—la interrogó Julia.

—Una casualidad, supongo —respondió la chica—. Él solo aceptó trabajar como monitor si le mandaban a este refugio. Y hoy es su primer día de trabajo.

Casualidad o no, a Diego le pareció altamente sospechoso.

Capítulo 9

Snake había dejado todas sus pertenencias en su dormitorio: una mochila muy grande, un neceser, unas botas de agua y una trampa para serpientes.

—No tenemos ningún derecho a hurgar entre sus cosas —opinó Julia.

—No se trata de si tenemos derecho o no —replicó Diego—. Como investigadores del Mystery Club, es, simplemente, nuestro deber.

Los dos hermanos estaban acompañados por Miel y Perrock. Los únicos ausentes eran Sara, que seguía estucando el váter, y Pedrito, que se había echado un rato para dormir la siesta.

—Estoy convencida de que Snake no es el responsable de lo que ha pasado —aseguró Julia.

—Que te guste no significa que sea inocente —soltó Diego para provocarla—. No sabía que te molaran los chicos con *piercings* y tatuajes...

Esta vez fue Julia la que enrojeció de rabia aunque consiguió reprimir las ganas de pegarle una colleja.

—Ya verás cómo tengo razón —le soltó.

Diego abrió la mochila y empezó a registrarla. Sacó camisetas, calcetines, calzoncillos y un pijama, pero no encontraba nada sospechoso. Una sonrisa burlona se dibujó en el rostro de Julia a medida que el fracaso de su hermano se hacía más evidente.

De repente, el chico paró en seco y le dirigió una mirada de suficiencia: había encontrado algo. De un bolsillo interior, sacó un sobre blanco que contenía una carta. La desplegó rápidamente y empezó a leerla bajo la atenta mirada de Miel, Perrock y Julia.

—**¿QUÉ DICE? ¿QUÉ DICE?** —preguntó la monitora, ansiosa, pero el chico no abrió la boca hasta que la hubo leído de cabo a rabo.

—Tenías toda la razón del mundo, hermanita —soltó con sorna, y le mostró el papel a Julia, que cogió la carta y leyó en voz alta:

Querido hijo:

En estos momentos estoy entre rejas, acusado de haber robado un furgón blindado cargado de oro y dinero. Nadie ha encontrado nunca este botín, pero aun así el juez me mandó a la cárcel, donde voy a pasar unos cuantos años.

Tengo dos noticias que darte: una buena y otra mala. Como siempre he preferido dejar lo bueno para el final, empezaré por la mala.

La mala noticia:

Me gustaría poder decirte que no soy un criminal y que el juez me endosó un crimen que no cometí, pero te estaría mintiendo. La verdad es que soy un ladrón y que, efectivamente, robé todo ese oro.

La buena noticia:

Nadie ha encontrado el oro que robé porque lo escondí muy bien. Tienes un padre criminal en prisión, pero un padre que te va a hacer inmensamente rico. Para estar más forrado que un futbolista del Real Madrid, solo tienes que instalarte en el refugio de montaña donde la policía me pilló y ser capaz de encontrar el botín.

Peeeeeeeeero, como no quiero ponértelo demasiado fácil, deberás resolver unos acertijos si quieres encontrar el lugar donde escondí el oro y el dinero.

Atentamente,

Drago Lucho

Todos se quedaron en silencio unos instantes, tratando de asimilar lo que acababan de descubrir.

—**¡DRAGO LUCHO!** ¡Así que es verdad! —exclamó Miel—. Creía que solo eran habladurías, una leyenda completamente absurda.

Julia trató de ignorar la sonrisa socarrona de su hermano, pero estaba enfadada consigo misma. Tenía que reconocer que su intuición le había fallado completamente. Estaba convencida de que Snake era inocente, pero esa carta demostraba que el monitor era ni más ni menos que el hijo de uno de los ladrones más importantes del mundo: **DRAGO LUCHO**.

Capítulo 10

Los pedos de Sara se habían convertido en un ruido tan monótono como el de la lluvia que caía en el exterior, y ya no les hacían el más mínimo caso. Era como tener música de fondo, concretamente una sinfonía en pedo menor. La cocinera se encontraba tan mal que no había mostrado ningún interés por lo que habían descubierto los chicos.

—Paso de tesoros, solo quiero estar sola —les había dicho, y ninguno de ellos había osado importunarla con más comentarios.

Reunidos en el comedor, discutieron sobre cuáles debían ser los pasos a seguir.

—Se supone que Snake no vendrá hasta mañana, pero alguien tendría que estar vigilando para dar la alarma en caso de que apareciese… —dijo Diego.

—Buena idea —intervino Miel, que aprobaba entusiasmada todas las sugerencias del chaval—. Y, mientras tanto, podríamos intentar dar con el tesoro.

—Para eso tenemos que resolver los acertijos —le recordó Julia.

Por suerte, Snake había dejado los acertijos dentro del sobre y ahora los investigadores tenían en su poder un papel con el borde quemado donde se encontraban las pistas para encontrar el botín escritas por el mismo Drago Lucho, de su puño y letra.

Julia leyó en voz alta:

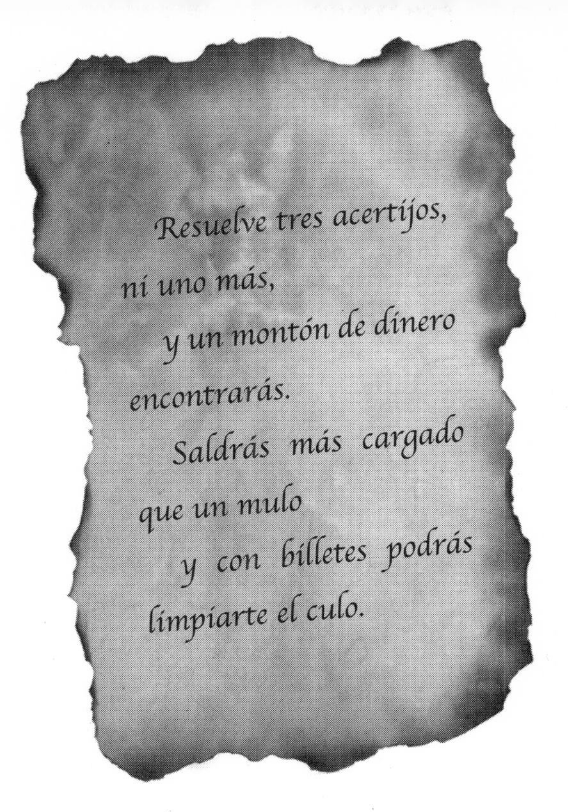
Resuelve tres acertijos,
ni uno más,
y un montón de dinero
encontrarás.
Saldrás más cargado
que un mulo
y con billetes podrás
limpiarte el culo.

—¿Qué necesidad hay de hacer que las pistas rimen? —ladró Perrock

—Igual se aburría mucho en la cárcel —contestó Julia.

—¿Con quién hablas? —preguntó Miel, que no había entendido lo que el perrete había dicho, claro.

—No le hagas caso, desde que se enamoró de Snake está loca y habla sola —dijo Diego—. Venga, ¡lee los acertijos!

Primer acertijo:

Una luz más brillante que el oro
abrirá el camino al tesoro.

Segundo acertijo:

Transfórmate en topo,
ensúciate de lodo,
encuentra el tesoro.

Tercer acertijo:

El código eres tú.

Diego se rascó la barbilla, pensativo.

—«Una luz más brillante que el oro abrirá el camino al tesoro» —repitió mientras paseaba por el salón, esquivando sillas y mesas—. Este es el primer acertijo. ¿Alguien tiene alguna idea de lo que significa?

NADIE RESPONDIÓ.

Perrock se alejó hacia la cocina, mientras lanzaba miradas hacia Julia. Finalmente, la chica comprendió que el perro quería decirle algo y se acercó para hablar a solas con él.

—**Algo huele mal...** —ladró Perrock.

—Es Sara. La pobre lleva todo el día con diarrea —le contó Julia.

—**No me refiero a eso** —contestó el perro, arrugando la nariz—. **Estaba pensando en Pedrito. Hay algo en él que me parece sospechoso. Recuerda que estaba feliz tras ser mordido por la serpiente...**

Julia asintió, preocupada.

—A mí también me intrigaba su actitud. Estaba segura de que Pedrito escondía algo, pero ahora que hemos encontrado esa carta en la mochila de Snake... No sé, Perrock. Pedrito sigue pareciéndome un niño muy raro, pero esta prueba es muy concluyente...

Perrock iba a contestar, pero un grito se lo impidió.

—¡YA LO TENGO!

La voz de Diego sonaba extrañamente llena de alegría, así que el perro y Julia regresaron al comedor para saber qué ocurría. El investigador estaba apoyado contra la chimenea de piedra, con una sonrisa de oreja a oreja. Encendió una cerilla y la llama azulada resplandeció en el salón.

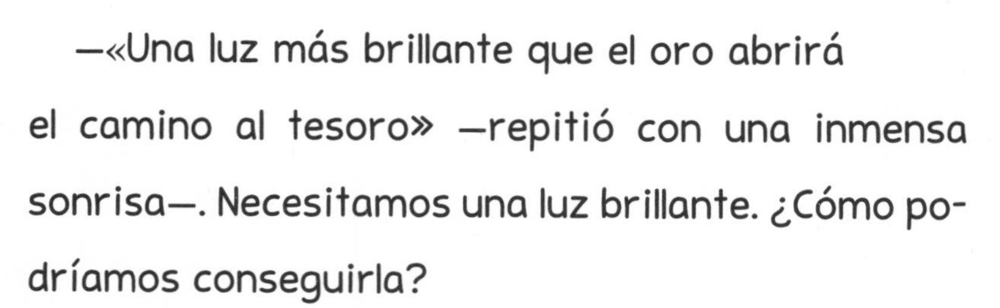

—«Una luz más brillante que el oro abrirá el camino al tesoro» —repitió con una inmensa sonrisa—. Necesitamos una luz brillante. ¿Cómo podríamos conseguirla?

Julia suspiró:

—Exactamente.

—**¡OH, ERES GENIAL, CARIÑO!** —exclamó Miel.

—Estoy seguro de que la clave está en esta chimenea. Lo primero que tenemos que hacer es encender un fuego.

Sin más dilaciones, Julia, Miel y Diego se dispusieron a buscar leña para encender la chimenea.

Perrock, mientras tanto, trepó hasta una silla y se dispuso a vigilar. Era el encargado de controlar si Snake regresaba para dar el aviso. Sin embargo, el perro estaba convencido de que el **VERDADERO PELIGRO ERA PEDRITO**, aquel niño pálido y enclenque que les había mentido a todos.

Capítulo 11

Las llamas del fuego resplandecían con destellos rojos, amarillos y azulados.

—«**UNA LUZ MÁS BRILLANTE QUE EL ORO ABRIRÁ EL CAMINO AL TESORO**» —recitó Miel—. La verdad es que el fuego brilla más que el oro, pero aquí no ocurre nada...

—Esperemos un poco más —dijo Diego, que ahora ya no estaba tan seguro de lo que tenía que pasar. ¿Había metido la pata?

La expectación era tan grande que todos se habían arremolinado alrededor de la chimenea, como si se tratara de un espectáculo de gran interés y algo asombroso estuviera a punto de ocurrir de un momento a otro. La única ausente era Sara. La pobre había salido finalmente del lavabo para ir a su dormitorio y acostarse un rato, no sin antes pasar por la cocina a picotear unas magdalenas.

Por el contrario, Pedrito ya no parecía muy afectado por la picadura de serpiente y también fijaba sus ojos avispados en el fuego. Incluso Perrock, que supuestamente tenía que estar pendiente de la llegada de Snake, giraba la cabeza hacia la chimenea.

De todos ellos, sin embargo, la más inquieta era Julia. **LA CHICA PASEABA NERVIOSAMENTE POR EL SALÓN**, intentando dar con una **SOLUCIÓN** al enigma.

—Estamos en un refugio de montaña y en invierno hace mucho frío —reflexionó—. Deben de haber encendido mil veces esta chimenea. Estoy segura de que con hacer un fuego no basta para encontrar el tesoro...

—Ya está **DOÑA SABELOTODO** dando lecciones —resopló Diego, picado. Su medio hermana le estaba tirando la teoría por los suelos—. Vamos, **LISTILLA**, resuelve el enigma tú solita...

Julia se volvió hacia él, mosqueada.

—Frena, colega. Que estés coladito por Miel no te da derecho a ser aún más repelente de lo que sueles ser.

—No os peleéis, chicos —pidió la monitora, tratando de poner paz—. Diego es un prestigioso investigador del Mystery Club. Seguro que sabe lo que se hace...

Julia reprimió las ganas de seguir discutiendo con el bocazas de su hermano y se acercó al fuego, dispuesta a dar con la solución del enigma. Examinó las herramientas de la chimenea y escogió unas grandes pinzas de metal. A continuación, miró detenidamente las llamas crepitando en el centro de la pared de ladrillos ennegrecidos por el calor y el humo de mil hogueras y, de repente, vio algo que le llamó la atención: **UNA PIEZA METÁLICA DE COLOR OSCURO QUE SOBRESALÍA ENTRE DOS LADRILLOS**.

—¿Eso estaba allí antes? —preguntó, señalando con las pinzas.

Diego se agachó para ver a qué se refería. Por su expresión llena de interés, parecía que hubiera olvidado por completo el resentimiento que sentía hacia su hermana.

—¡**INCREÍBLE**! —exclamó—. Ha salido con el calor del fuego.

Julia acercó las pinzas a la pieza metálica y la presionó con firmeza.

—¡**DALE MÁS FUERTE**! —dijo Diego.

Ella le dio un buen golpe, pero no ocurrió nada.

—Dame las pinzas, ya lo hago yo —le ordenó su hermano, entusiasmado.

Aquellas palabras consiguieron picarla de verdad. Roja como un tomate, Julia imaginó que la pieza metálica era el culo de Diego y le arreó un golpe demoledor.

!!!!!!BARRABUM!!!!!!

Una gran nube de polvo y humo se formó en la chimenea y todos empezaron a toser. Agitando los brazos, Julia disipó la humareda y se fijó en la chimenea. Tras el golpe, había ladrillos crepitando en el fuego y un agujero en la pared.

De repente, Miel exclamó sorprendida:

—¡HAY UN PASADIZO! ¡LO HABÉIS CONSEGUIDO!

Capítulo 12

Diego arrojó un cubo de agua al fuego y las llamas se extinguieron al instante. La chimenea estaba hecha un desastre. Entre los troncos humeantes no había nada más que ceniza, ladrillos y tierra.

—**MÁS AGUA** —pidió Julia, y su hermano fue a rellenar el cubo.

No se atrevieron a vaciar los escombros de la chimenea hasta que no vertieron unos cuantos cubos de agua en las brasas. Una vez que estuvieron seguros de que ya no podían quemarse, empezaron a retirarlos con cuidado.

—Ya tenemos resuelto el primer acertijo —dijo

Perrock—. **Ahora el segundo: «Transfórmate en topo, ensúciate de lodo, encuentra el tesoro».**

Julia apartó unos cuantos ladrillos de la chimenea con una pala y miró hacia delante. Tras el estruendo, se había abierto un boquete en la pared, pero el pasadizo estaba cubierto de tierra.

—El segundo acertijo no parece muy difícil —dijo—. Los topos escarban la tierra para hacer pasadizos subterráneos. Parece evidente que es exactamente lo que tenemos que hacer.

Nadie la contradijo y todos se pusieron manos a la obra, con la excepción de Miel.

—Lo siento, pero no puedo ayudaros —se disculpó—. **SOY ALÉRGICA AL POLVO**.

—Oh, no te preocupes —contestó Diego, mirándola embelesado—. Nosotros nos ocuparemos de todo...

—Y si te da alergia, te daré un besito para curarte, amor mío —añadió Julia, burlándose.

El chico la fulminó con la mirada, pero Miel, ignorando el comentario, dijo con voz melosa:

—Eres la persona más amable que he conocido, Diego.

El halago hizo que el investigador olvidara la burla de su hermana y se pusiera a trabajar con ahínco.

Nadie esperaba que la tarea resultaría tan dura. El túnel que habían encontrado estaba cubierto de tierra y lodo y, para abrirlo y poder entrar en él, tenían que retirar toda esa tierra y ese lodo con palas y sacarlos del comedor con un carrito que había en el garaje. Como solo había espacio para uno en el interior del pasadizo, tenían que turnarse para trabajar y, muy pronto, todos, salvo Miel, estuvieron **COMPLETAMENTE SUCIOS DE BARRO Y HOLLÍN**.

—Ahora mismo **ESTAMOS MÁS SUCIOS QUE EL VÁTER DE SARA** —comentó Julia, contemplando su cuerpo teñido de negro y el espantoso aspecto de todos los demás.

Perrock, que había demostrado una gran técnica retirando tierra con las patas traseras, se había convertido en un perro de color negro, el pelo de Julia parecía más castaño que rubio y Pedrito, muy blanco de piel, ahora parecía un paje del rey Baltasar.

Llevaban un buen rato trabajando en silencio cuando, de repente, volvieron a oír el misterioso ruido, esta vez mucho más cerca que antes.

—**¿LO HABÉIS OÍDO?** —preguntó Julia al instante.

Diego y Perrock asintieron pensativos mientras que Pedrito pegó un bote espectacular y salió del agujero.

—**¿QUÉ HA SIDO ESO?** —dijo, pálido incluso debajo del hollín que cubría su cara.

—Quizá solo ha sido el viento —contestó Julia para que no se asustara más. Sin embargo, tanto ella como los otros investigadores lo tenían clarísimo: aquel ruido no lo había producido el viento.

Pero como no encontraron ninguna explicación mejor, siguieron trabajando en el túnel. No obstante, tras cinco minutos de trabajo, Pedrito empezó a notar otra vez de repente los terribles efectos del veneno de la serpiente de cascabel y volvió a sentir mareos y fatiga, y dolor en la cabeza, en el pompis, en la barriga y en los brazos, así como sequedad de garganta, escalofríos, rampas en los gemelos y algo raro en el dedo gordo de un pie.

—**A TI LO QUE TE PASA ES QUE TIENES CUENTITIS AGUDA** —le reprochó Diego, pero no consiguió que el chico volviera al trabajo.

—**Qué va. Lo que pasa es que es un miedica** —ladró Perrock.

Unas horas más tarde, cuando ya hacía rato que había caído la noche y todos habían parado para descansar un poco, Julia seguía dentro del agujero que habían cavado, sacando tierra con la pala y una linterna pegada a la gorra para tener luz.

De repente la pala golpeó algo metálico. ¡Clonc!

—¡Lo hemos conseguido, chicos! —exclamó con emoción—. **¡HEMOS LLEGADO AL FINAL DEL TÚNEL!**

Capítulo 13

Todos sabían que estaban muy cerca del tesoro y la certeza les llenaba de emoción y de energía.

—¡**VAMOS, ESTAMOS A PUNTO DE CONSEGUIRLO, CHICOS!** —los animaba Miel desde arriba.

La voz de la monitora era toda una inyección de fuerza y vigor para Diego. El chico llenó cubos y más cubos de tierra hasta que, finalmente, despejó una puerta metálica. En el centro había una pequeña palanca. Tiró de ella y se abrió una pantalla donde podía teclearse un código de seguridad.

—Faltaba un **TERCER ACERTIJO**, ¿verdad? —preguntó.

—Sí —contestó su hermana—. El tercer acertijo solo decía: **«EL CÓDIGO ERES TÚ»**.

Diego se rascó la barbilla, pensativo. La carta que Drago Lucho había mandado con las pistas para encontrar el botín iba dirigida a su hijo, de modo que el código tenía que ser, a la fuerza, el nombre del monitor con tatuajes.

—**¡YA LO TENGO!** —exclamó en voz alta.

El joven investigador tecleó «Snake», pero no ocurrió nada.

—Ningún padre llama Snake a su propio hijo —comentó Julia, y Diego tuvo que darle la razón.

Entonces se acordó de que Snake era solo un mote y que en realidad se llamaba Alberto. Tecleó «Alberto» conteniendo la respiración, pero tampoco ocurrió nada.

Durante los siguientes minutos, probó decenas de nombres: **«ALBERTITO»**, **«TITO»**, **«TI-**

TITO», **«ALBERT»**, **«BERTO»**, **«BERTITO»**... sin ningún tipo de éxito.

—Es desesperante —se quejó—. El tercer acertijo es muy difícil, y eso que solo hay que poner el nombre del hijo de Drago Lucho...

Tras decir esto, escuchó los ladridos de Perrock, que, al ser su dueño, pudo entender perfectamente.

—**¡Prueba con «Pedrito»!** —le dijo.

A Diego le pareció una sugerencia absurda. Pensó que el perro había tragado demasiado hollín. Pero como quería demostrarle que lo que acababa de decir era una tontería, esbozó una sonrisa de fanfarrón y tecleó **«PEDRITO»**.

—Nada, ¿ves? —dijo, girándose hacia el perro.

—**¿Estás seguro?** —le contestó Perrock, imitando la sonrisa chulesca del chaval.

El chico volvió a mirar hacia la puerta y, al instante, pareció que la mandíbula se le descolgaba y

le caía sobre el pecho. La puerta metálica que protegía el tesoro de Drago Lucho estaba

ABIERTA DE PAR EN PAR.

Capítulo 14

La sala estaba llena de riquezas y de oro. Aquello brillaba más que el pecho de un rapero. El botín de Drago Lucho era espectacular. ¿Cómo lo habría hecho para meterlo todo allí sin que nadie se diese cuenta? Había montañas de lingotes de oro, maletines llenos de fajos de billetes e incluso sacos con monedas de uno y dos euros (quizá pensó que le servirían para el carro del súper).

Armado con una linterna, Diego fue el primero en entrar en la estancia, seguido de Perrock. El muchacho cogió un montón de billetes, los lanzó al aire y todos cayeron al suelo lentamente como una lluvia de confeti.

—Siempre había querido hacer esto —confesó.

Julia sostuvo en sus manos por primera vez en la vida un lingote de oro y el metal era tan reluciente que podía ver su propia imagen reflejada en él.

PEDRITO, también eufórico, se había **RECUPERADO REPENTINAMENTE DE LA MORDEDURA DE LA SERPIENTE** y ya no se encontraba mal. Lleno de felicidad, examinaba una y otra vez los male-

tines cargados de billetes y de oro, tratando de calcular la inmensa fortuna que había acumulada allí.

Perrock, en cambio, no sentía ningún interés por aquellas riquezas (salvo por el hueso). Estaba más pendiente de la reacción de Pedrito, así que fue siguiendo sus movimientos con la mirada. De repente, reparó en otro detalle: el agua de la lluvia se estaba filtrando por

una grieta en la pared y empezaba a empapar el suelo. Si la tormenta persistía, la sala acabaría inundada de agua y se estropearían todos los billetes.

—**Esto se va a llenar de agua** —ladró Perrock, para que lo entendiesen sus amos.

Diego se dio cuenta de que llevaba toda la razón del mundo y se dirigió a la puerta para hablar con Miel que, como no había bajado por su alergia al polvo, era la única que todavía estaba en el comedor.

—**¡LA LLUVIA ESTÁ INUNDANDO LA SALA DEL TESORO!** —gritó—. Vamos a sacar primero los maletines con los billetes para que no se estropeen.

La monitora contestó desde arriba:

—¡De acuerdo! Pásamelos y los voy poniendo en algún lugar seguro. Hay que darse prisa. Snake no tardará en volver y no le gustará nada que nos hayamos apoderado del tesoro de su padre...

«Drago Lucho no es el padre de Snake, sino el de Pedrito», pensó Diego, pero en aquel momento no tenían tiempo para que él lo revelara. Tenían que salvar el tesoro antes de que la lluvia convirtiese los billetes en papilla.

TODOS SE PUSIERON MANOS A LA OBRA. Julia, Diego y Pedrito levantaban los maletines hasta la entrada del túnel, y Miel los depositaba en el salón, frente a la chimenea.

Cuando, por fin, sacaron el último maletín, el agua les llegaba a las rodillas y todavía les faltaban los lingotes y las monedas.

—**¡PASADME LOS LINGOTES!** —pidió la monitora.

Pedrito empezó a recoger lingotes, pero Julia lo detuvo.

—No tenemos tiempo de sacarlos todos antes de que esto se inunde. Los billetes están a salvo, ya volveremos a por los lingotes cuando pare de llover.

A Perrock y a Diego les pareció una buena idea, pero Pedrito se resistió.

—Pero Snake regresará pronto —comenzó—. Todavía podemos sacar algunos **MÁÁÁÁÁÁS...**

¡¡¡AAAAAAACHÍS!!!

—¿Ves? —dijo Julia—. Estamos todos temblando de frío. ¡Nos vamos a congelar!

—**¡¡O a ahogar!!** —ladró Perrock, que se había subido a un saco para no mojarse.

—Vamos a subir —ordenó Julia.

—¡Un momento! —exclamó Miel, que les había oído—. Creo que está de-

jando de llover... Dejad las monedas, pero ¡sacad los lingotes!

Todos miraron de nuevo la grieta. El agua seguía entrando en el túnel con la misma fuerza.

—¡No hay tiempo! —insistió Julia—. Vamos a subir ahora.

De repente, se escuchó un fuerte portazo.

¡¡¡¡¡¡BLAM!!!!!!

Acababan de quedarse encerrados en la sala del tesoro. Diego corrió hacia la puerta y trató de abrirla, pero estaba bloqueada.

—**¡MIEL, NOS HEMOS QUEDADO ENCERRADOS!** —gritó—. **¡ABRE! ¡RÁPIDO!**

—Va a ser que no —contestó la monitora con su dulce voz—. Siento deciros que voy a quedarme con el tesoro.

Miel, que era quien los había encerrado, debía de encontrarse justo detrás de la puerta porque su voz sonaba muy cerca.

Diego empalideció, tratando de asimilar lo que acababa de ocurrir.

—Esta broma no tiene ninguna gracia, Miel —se quejó.

—**NO ES NINGUNA BROMA** —replicó la joven pelirroja—. Acaba de cumplirse mi sueño: **SER INMENSAMENTE RICA**. Hubiese preferido llevarme también los lingotes, pero me voy a tener que conformar con esto... Tengo que admitir que sin tu ayuda, Diego, jamás lo habría conseguido. **¡MUCHAS GRACIAS!**

—¡No vas a salirte con la tuya! —bramó Julia, indignada.

—Claro que sí —aseguró Miel con su voz azucarada—. Meteré el tesoro en el coche y me iré al extranjero. Viajaré a algún lugar donde haya playas exóticas y viviré con todo tipo de lujos el resto de mi vida. Coches caros, ropa de marca y jacuzzis llenos de champán.

Diego estaba tan pasmado que no acertó a reaccionar. En cambio, Pedrito, con lágrimas en los ojos, habló con desesperación.

—¡No me dejes aquí! —sollozó el niño—. ¡Me voy a ahogar!

—Solo será un ratito —replicó ella—. Dentro de unas horas vendrá Snake; él os sacará de ahí. Hasta entonces, procurad no ahogaros. **¡BESIIIS!**

Los cuatro prisioneros escucharon los pasos de Miel alejarse, sin decir nada. Julia miró a Diego con un aire de reproche. Su hermano tuvo que reconocer su error.

—Vale. No tengo muy buen ojo con las chicas —reconoció lloroso.

Capítulo 15

Diego se sentía más pisoteado que la pista de una bolera. Esperaba un comentario burlón de su hermana, pero ella, en cambio, le dio un golpecito de apoyo en la espalda.

—**SI TE SIRVE DE CONSUELO, TAMPOCO YO ME DI CUENTA DE QUE ERA UNA TRAIDORA...**

—Pedrito nos debe una explicación —ladró Perrock, acercándose al chaval—. Él es el hijo de Drago Lucho.

El niño se había sentado en el suelo y lloraba desconsoladamente.

Diego trató de sacar fuerzas de flaqueza y se dirigió a él.

—Sabemos que eres el hijo de Drago Lucho. El código para abrir la puerta eras tú. Confiesa: lo tenías todo planeado, ¿verdad?

El chico empezó a sollozar de nuevo.

—Fue Miel —lloriqueó—. Es mi prima, y cometí el error de enseñarle la carta de mi padre. Ella lo organizó todo. Me convenció para que viniéramos a por el tesoro. Me dijo que lo compartiríamos, pero ya veis lo que ha hecho. Me ha abandonado.

—¿Y la serpiente? ¿Y el coche? ¿Y los garbanzos envenenados? —lo atosigó Julia.

—**LO PLANEÓ ABSOLUTAMENTE TODO** —contestó el chico—. Mi prima quería quedarse sola en la casa para poder buscar el tesoro con tranquilidad. Por eso fingimos lo de la picadura de serpiente, para que Snake tuviera que marcharse a por el antído-

to. Incluso agujereó el depósito de aceite del coche para obligarlo a ir a pie...

Diego no podía creerse que su instinto le hubiera fallado tanto. Miel y Pedrito se habían compinchado todo el tiempo, y él no se había dado ni cuenta. **REALMENTE EL AMOR ERA CIEGO**. Y un poco idiota.

—Fue mi prima quien puso el laxante en los garbanzos, pero solo Sara cayó en la trampa —continuó Pedrito—. Quería dejaros fuera de combate a todos vosotros, pero, por suerte para ella, no lo consiguió. La verdad es que sola no hubiera resuelto los acertijos, de modo que le fue de perlas que estuvierais aquí para hacerle el trabajo sucio.

Diego nunca se había sentido tan estúpido en toda su vida. Sentía rabia e indignación, y no podía soportar que Miel se hubiera salido con la suya.

—**¿Y LOS RUIDOS?** —preguntó Julia.

—De eso no sé nada... **QUIZÁ LA CASA ESTÁ ENCANTADA.**

Justo en aquel momento, se volvió a oír el ruido, mucho más alto y cercano que antes. Parecía como si alguien estuviese rascando las paredes. Los tres chicos y Perrock se giraron hacia el lugar de donde procedía. Uno de los sacos llenos de monedas se movía.

—¿Quién anda ahí? —ladró Perrock.

En ese preciso instante, una sombra negra salió disparada del saco hacia la cabeza de Diego.

—**¡¡¡AAAAAH!!!** —gritó el chico.

—**¡¡¡AGUA!!!** —gritó la sombra al mismo tiempo.

SE TRATABA NI MÁS NI MENOS QUE DE UN GATO SIAMÉS.

Capítulo 16

—***¡No soporto el agua!*** —se quejó el gato otra vez.

Julia lo cogió para que se calmara y dejara de arañar a su hermano. Y surtió efecto porque al cabo de nada el felino ya ronroneaba cómodamente entre los brazos de su nueva propietaria.

—¿Quién eres tú? —le preguntó Perrock al gato.

—*Soy el doctor Gatson.* ¿Y tú?

Esta vez Julia pudo entender lo que el gato decía.

—Yo soy Perrock. Perrock Holmes, investigador privado.

—¿Has dicho que eres **DOCTOR**? —dijo asombrado Diego.

—¿Tú también lo has entendido? —dijo Julia.

El chico asintió con la cabeza. Empezaban a acostumbrarse a eso de hablar con animales. Los dos medio hermanos miraron a Pedrito, que los miraba a su vez con cara de susto. ¡Buf!, ya se lo explicarían todo después.

—¿Qué hacías aquí encerrado? —preguntó Diego al doctor Gatson.

—¿Cuánto tiempo llevas aquí dentro? —preguntó Julia al mismo tiempo.

Gatson los miró, tratando de decidir a quién responder primero.

—*Me estaba echando una siesta, como cada día*

—empezó, mirando a Diego—, **y llevo aquí toda mi vida** —respondió mirando a Julia.

—Pero ¿de dónde sacas la comida? —insistió la chica.

—**Pues de la cocina, claro.**

Los tres investigadores se miraron sin entender nada. Todo aquello cada vez era más raro. Diego tomó la iniciativa:

—Vamos a ver. Acepto que un gato hable y que tenga el título de doctor. Pero no que se teletransporte. Si llevas toda la vida aquí dentro, ¿cómo entras y sales de aquí para ir a la cocina?

—**Pues por allí** —dijo el gato, señalando la grieta.

Diego, Julia y Perrock se acercaron a inspeccionar la fisura. Antes no se habían dado cuenta, pero lo que creían que era una hendidura en la pared era en realidad un agujero tapado por una piedra. ¡El gato tenía razón, aquello era una salida! Diego alargó la mano para apartar la piedra.

—¡ESPERA! —dijo Julia, pero su grito llegó demasiado tarde.

El agua que la piedra había estado reteniendo cayó en cascada sobre su medio hermano, que quedó empapado.

—Bueno, en realidad necesitabas una ducha —comentó la chica, y se echó a reír.

Diego le dirigió una mirada asesina, pero no contestó. No tenían tiempo.

—¿Y ahora qué? —preguntó Perrock.

—Hay que cavar aquí para hacer el agujero más grande —expuso Julia—. Miel aún tiene que arreglar el todoterreno y cargarlo con el dinero. Si somos rápidos, podremos detenerla a tiempo.

Capítulo 17

Por el agujero que estaban cavando entraba un buen chorro de agua, y ello les facilitaba la tarea porque el barro se desprendía sin dificultad. Palmo a palmo, empezaron a acercarse hacia la superficie. Perrock había demostrado su valía cavando durante un buen rato, pero ahora era Diego quien iba a la cabeza.

—Ya casi lo he conseguido —gritó desde arriba—. La lluvia ya me está mojando.

Desde la sala del tesoro, Julia no podía ver nada, solo un agujero muy oscuro. Esperó pacientemente, mientras trataba de mantener a Gatson alejado del agua.

—Diego ya ha salido —ladró Perrock desde el agujero.

—De acuerdo —contestó Julia—. Sal tú también, yo me encargo de estos dos.

El perrete desapareció por el túnel y Julia se inclinó sobre Pedrito.

—Vamos, es tu turno.

Lo ayudó a subir hasta el agujero y le empujó el culo para que empezara a ascender. Le costó lo suyo, pero al final Julia vio que el hijo de Drago Lucho salía al exterior. Luego se giró hacia Gatson.

—¿Vienes con nosotros? —le preguntó.

El gato miró a su alrededor. Su guarida estaba llena de agua.

—¿Tenéis un sofá seco y comida como la de Sara? Me encanta su comida, está claro que esa mujer tiene un don en su interior.

—Bueno, se puede decir que hoy ha sacado fuera todo lo que tenía dentro de ella... —comentó Julia

con una media sonrisa—. Ven con nosotros, algo encontraremos.

Una vez fuera, Julia se dio cuenta de que seguía lloviendo con la misma intensidad. Hasta en eso les había mentido Miel. El agujero daba directamente al exterior, justo al lado del garaje del refugio. Perrock y Pedrito estaban allí, pero no había ni rastro de su hermano Diego.

De repente, oyeron el ruido de un motor y el jeep pasó cerca de ellos derrapando sobre un charco de agua y dejándolos más empapados, si es que eso era posible. Todo ocurrió muy rápido, pero Julia fue capaz de reconocer el rostro de la conductora: no había ninguna duda, era Miel.

—**¡SE NOS HA ESCAPADO!** —se lamentó, cerrando el puño con fuerza.

La lluvia seguía cayendo intensamente, pero la investigadora del Mystery Club, llena de im-

potencia, ni tan siquiera parecía darse cuenta. Perrock se acercó a ella para darle ánimos.

—Tenemos los lingotes. Por lo menos hemos podido recuperar la mitad del tesoro —ladró—. Y también tenemos al hijo de Drago Lucho.

—*Si os referís al chico que estaba con vosotros*

—dijo entonces Gatson—, ***ha salido corriendo nada más ver el jeep.***

Julia y Perrock se volvieron al instante, justo a tiempo de ver a Pedrito desaparecer entre los primeros árboles del bosque.

—**¡QUE NO HUYA!** —gritó la chica y, sin pensarlo dos veces, salió disparada tras el falso escultista.

Perrock la siguió, y Gatson, tras dudar un segundo, se unió a la persecución.

—¿Se puede saber por qué hacéis tanto ruido? —preguntó una voz a sus espaldas.

Era Sara, la cocinera. Se notaba que se acababa de levantar porque iba despeinada, llevaba una manta sobre los hombros y un papel de magdalena pegado en la frente.

Julia se habría reído si no fuera porque no tenía tiempo: tenía que demostrar que no era una investigadora de pacotilla.

—¡Vamos, chicos, ya casi le tenemos! —animó a sus compañeros.

Para ser el hijo de un fugitivo, Pedrito no era muy rápido. Tan solo había recorrido doscientos metros y ya le faltaba el aliento. Estuvo a punto de tropezar un par de veces, así que Julia aprovechó para acortar la distancia.

—¡Mío! —ladró Perrock, lanzándose sobre el chaval.

Con el impacto, el chico resbaló en el barro y se dio de bruces contra el suelo, con Perrock todavía subido a su espalda.

—¡Bravo! —exclamó Julia—. ¡Buen trabajo, Perrock! Por lo menos hemos capturado a uno de los dos.

De repente, otra figura ataviada con un chubasquero salió de entre los árboles.

—**¡TRAIGO EL ANTÍDOTO!** —dijo Snake con voz cansada.

—Gracias, pero ya no lo necesitamos. Está todo controlado —repuso Julia, señalando a Pedrito, al que había inmovilizado con la ayuda de Perrock y Gatson.

El monitor se quitó la capucha y los miró alucinado.

—Pero, bueno, ¿así tratáis a los enfermos?

—No está enfermo —respondió Julia—. Como mucho, se le caerán los dientes de tanto mentir.

—¿O sea que he caminado cincuenta kilómetros para nada? —se quejó Snake, mientras se sentaba en una piedra—. Y encima casi me atropella el jeep cuando venía hacia aquí. ¿Se puede saber quién era el loco que lo conducía?

—*Loca* —corrigió Julia—. La loca era Miel.

El joven miraba, confuso, a su alrededor.

—¿Y tu hermano? —dijo finalmente—. **¿DÓNDE ESTÁ?**

En esta ocasión Julia se encogió de hombros. No tenía ni la más remota idea.

Capítulo 18

Los limpiaparabrisas se movían a toda velocidad, incapaces de quitar la lluvia que se acumulaba en los cristales. De noche y con aquella tormenta no era nada agradable conducir, pero Miel desbordaba felicidad. Llevaba media hora canturreando una odiosa canción que ella misma se había inventado y cuya letra dejaba mucho que desear:

Soy rica, rica, rica.
Soy mucho más que rica.
Soy rica, rica, rica.
No sé inventar letras de canciones,
pero no importa porque soy rica, rica, rica.

Todo había salido como había planeado. Bueno, lo de los garbanzos no había funcionado del todo y solo se había podido llevar la mitad del tesoro y los investigadores del Mystery Club la habían descubierto..., pero era rica igual y eso era lo que importaba. Estaba tan contenta que incluso empezó a inventar una nueva estrofa para su canción. Pero de repente tuvo que dejar de cantar y pisar el freno para detener el jeep.

UN CONTROL POLICIAL. ¿Qué hacía la policía allí, en una carretera de montaña, en mitad de la noche?

Un agente de policía llegó hasta el jeep y le pidió que bajara la ventanilla. Ella obedeció mientras sentía que se aceleraban los latidos de su corazón. No faltaban muchos kilómetros para cruzar la frontera con Francia y aquel estúpido control policial podía echarlo todo a perder.

—**SALGA DEL COCHE Y ABRA EL MALETERO, SEÑORITA** —ordenó el agente.

Miel se quedó helada. Si obedecía, el policía descubriría el botín.

—Eh..., no puedo abrir el maletero. No tengo la llave.

—¿Cree que soy tonto? Claro que tiene la llave. Es la misma que pone en marcha el motor.

Miel intentó hacerse la tonta.

—**¿AH, SÍ? JA, JA**. ¡Qué despistada! Pues nada, me voy corriendo a la autoescuela, para repasar el temario de las llaves. Gracias, señor agente, buenas no...

El policía se puso serio.

—**ABRA EL MALETERO. AHORA**.

Finalmente, la monitora no tuvo más remedio que obedecer. Bajo la lluvia, Miel fue hacia el maletero y se pegó un gran susto cuando lo abrió. En el interior se encontraba Diego, con el teléfono móvil en el oído. El investigador había logrado colarse en

el coche con la esperanza de que en algún punto de la carretera volvería a tener cobertura para llamar a la policía. Su truco había funcionado.

—**GRACIAS POR AVISARNOS** —dijo el agente.

Diego salió del maletero y señaló hacia el montón de maletines.

—Aquí se encuentra la mitad del botín que robó Drago Lucho. —El chico mostró las riquezas a los agentes y retomó la palabra—. La otra mitad está en el refugio, junto con el cómplice de esta chica...

—Yo no sabía nada de todo esto —se excusó Miel—. **¡ES LA PRIMERA VEZ QUE LO VEO!**

Sus ojos eran muy bonitos y tenía aspecto de no haber roto un plato en su vida. Diego recordó las palabras de su madre antes de dejarlos en el refugio: **«LAS APARIENCIAS ENGAÑAN»**, le había dicho. Y la mujer tenía razón. Snake había resultado ser un buen monitor, mientras que Miel no era más que una ladrona, una mentirosa y una traidora.

—Casi lo consigues, Miel, pero soy un investigador del Mystery Club y no es tan fácil engañarnos —dijo él.

—Soy inocente —mintió ella una vez más.

Diego no se molestó en responder. Asintió con la cabeza y uno de los agentes le esposó las manos detrás de la espalda. Mientras la lluvia le empapaba el pelo, Diego miró cómo los policías la introducían dentro del coche patrulla.

No era el día más feliz de su vida, pero por lo menos se había hecho justicia.

TRES JÓVENES PROMESAS DEL Mystery Club CON UN FUTURO BRILLANTE

Gracias a su astucia y valentía, Julia, Diego y Perrock, los tres investigadores más jóvenes del Mystery Club, acaban de ser ascendidos al nivel 2. Su último logro es, ni más ni menos, que el descubrimiento del botín robado por el famoso ladrón Drago Lucho, que todos los suscriptores recordarán por la cantidad de oro y dinero que consiguió robar hace unos meses.

El magnífico trabajo de los tres investigadores ha hecho que el Mystery Club vuelva a ser noticia en todo el mundo. Con su admirable labor e inteligencia, han demostrado que actualmente, gracias a nuestros perspicaces detectives, ningún crimen quedará impune. ¡Ya pueden echarse a temblar todos los criminales del planeta!

Es un orgullo para el Mystery Club contar con unos investigadores como Julia, Diego y Perrock, los tres, pese a su juventud, han demostrado ser capaces de resolver cualquier misterio que se les ponga delante. En el comité de dirección de la revista estamos todos seguros de que muy pronto volveremos a oír hablar de ellos.

DETECTIVEANDO
TENEMOS UNOS CUANTOS CASOS PARA TI

EL CASO DEL ROBO MISTERIOSO

La semana pasada la familia Pérez, vecinos de Julia y Diego, denunciaron que alguien había entrado a robar en su casa. Cuando el agente Zampadónuts y los detectives llegaron a la escena del crimen se encontraron al señor Pérez delante de la ventana del comedor, inspeccionando los cristales rotos que había en el suelo.

—¡Han desaparecido toodas las joyas de mi mujer! —dijo y mientras señalaba los cristales rotos del suelo, añadió—: Estoy seguro de que el ladrón entró por esta ventana. Ya puede pasar a buscar las huellas del criminal, agente. ¡Seguro que están por todas partes!

Zampadónuts entró inmediatamente en la casa de la familia Pérez para investigar.

—¿No entramos? —preguntó Diego al ver que Julia y Perrock se quedaban fuera.

—**No hace falta** —ladró Perrock—. **Aquí no ha entrado ningún ladrón.**

¿CÓMO LO SABE PERROCK? ¡AYUDA A DIEGO Y A JULIA A ENCONTRAR LA RESPUESTA!

PISTA: la clave está en los cristales.

Solución: si el ladrón hubiese roto la ventana desde fuera de la casa..., ¡los cristales habrían quedado en el interior, no en el exterior! ¡El señor Pérez rompió la ventana desde dentro e hizo creer a Zampadónuts que alguien había entrado a robar!

LOS TRES ESPÍAS

El otro día la señora Fletcher llamó a los detectives del Mystery Club con un caso superurgente.

—Detectives, tenemos un problema. Sospechamos que uno de nuestros tres mejores agentes podría ser un topo, un espía encubierto. Les hemos interrogado a los tres y esto es lo que nos han dicho:

ALFRED: Agatha es el topo.
AGATHA: Colombo es el topo.
COLOMBO: Agatha está mintiendo.

—¿Tenemos alguna pista? —preguntó Diego.

PISTA: el topo miente y los otros dicen la verdad. Y sabemos que solo hay un topo.

¿PUEDES AYUDAR A DIEGO, JULIA Y PERROCK A RESOLVER EL CASO?

Solución: el topo es Agatha. Tanto Alfred como Colombo dicen la verdad. Cuando Alfred dice que Agatha es el topo, dice la verdad. Cuando Agatha dice que Colombo es el topo, dice una mentira, porque es el topo. Cuando Colombo dice que Agatha miente, tiene razón, así que el topo solamente puede ser Agatha.

EL CASO DEL REFRESCO EN MAL ESTADO

Diego y Julia se fueron a ver la última película de su actor preferido al cine y los dos compararon un refresco cada uno. Julia se lo bebió tan rápido que se lo terminó incluso antes de que empezara la película.

—¿Me das un poco del tuyo? —le pidió a Diego.

—¡Ni de coña! —dijo él—. Cuando termine las palomitas me entrará sed, así que me lo guardo.

Al terminar la película, Julia se encontraba la mar de bien mientras que a Diego le entró una diarrea de campeonato.

—Te lo mereces por rancio —dijo la chica mientras su hermano corría al váter.

Al cabo de poco recibieron una invitación gratis para ir al cine. Los directores querían disculparse porque todos los que tomaron refresco ese día se encontraron mal. ¿Por qué a Julia no le pasó nada?

¿TIENES ALGUNA IDEA PARA ESTE CASO?

PISTA: Diego y Julia tomaron exactamente el mismo refresco.

Solución: lo que estaba en mal estado era el agua de los cubitos. Como Julia se terminó su refresco tan rápido, sus cubitos no llegaron a derretirse. ¡Por eso no le pasó nada!

LOS CINCO SOSPECHOSOS

Este fin de semana los padres de Diego y Julia prepararon un pícnic familiar y, aunque los detectives no querían ir, sus padres les chantajearon diciendo que o comían con ellos o les cancelaban el internet en el móvil, así que no tuvieron más remedio que ir.

Cuando llegaron al sitio y Ana abrió la cesta con la comida, se dieron cuenta de que alguien se había zampado el pastel que había preparado para los postres, así que Perrock se puso a investigar al instante: interrogó a todos los presentes y tras oír lo que le dijeron llegó a la conclusión de que dos de los sospechosos mentían. Esto es lo que dijeron:

ANA: ¡Juan se ha comido el pastel!

DIEGO: Yo no he sido...

JULIA: ¡No ha sido Gatson!

JUAN: ¡Ana miente cuando dice que el pastel me lo he comido yo!

GATSON: Diego dice la verdad...

¿QUIÉN SE HA COMIDO EL PASTEL? ¿ALGUNA PISTA?

Solución: Gatson se ha comido el pastel. Diego, Juan y el mismo Gatson dicen la verdad.

RETRATO ROBOT

PERROCK HOLMES

RETRATO ROBOT

PERROCK
HOLMES

RETRATO ROBOT

PERROCK HOLMES

RETRATO ROBOT

PERROCK HOLMES

RETRATO ROBOT

PERROCK
HOLMES

RETRATO ROBOT

PERROCK
HOLMES

RETRATO ROBOT

PERROCK
HOLMES

RETRATO ROBOT

PERROCK
HOLMES

¡AGUDIZA TU OLFATO!

LABERINTOS APESTOSOS

PERROCK HOLMES

¡AGUDIZA TU OLFATO!

LABERINTOS APESTOSOS

PERROCK HOLMES

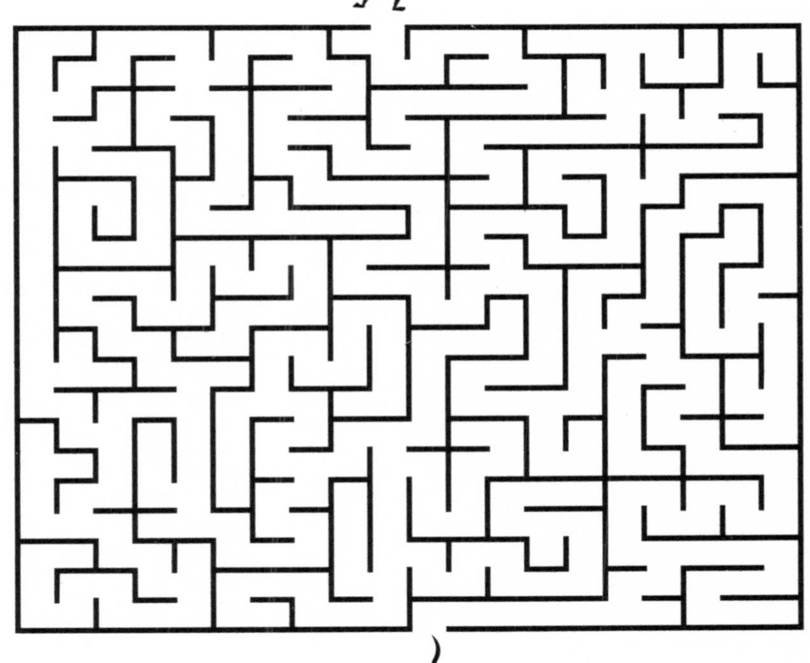

¡ESTE MISTERIO NO PODRÍAMOS HABERLO RESUELTO SIN TU AYUDA!

RECORTA TU CARNET Y PREPÁRATE PARA EL SIGUIENTE NIVEL

PERROCK
HOLMES
PERROCK
HOLMES